# Cabelo ruim?
## QUE MAL ELE TE FEZ?

# Cabelo ruim?
## QUE MAL ELE TE FEZ?

Kátia Maria dos Santos Barbosa

Copyright © 2021 by Editora Letramento
Copyright © 2021 by Kátia Maria dos Santos Barbosa

Diretor Editorial | Gustavo Abreu
Diretor Administrativo | Júnior Gaudereto
Diretor Financeiro | Cláudio Macedo
Logística | Vinícius Santiago
Comunicação e Marketing | Giulia Staar
Assistente Editorial | Matteos Moreno e Sarah Júlia Guerra
Designer Editorial | Gustavo Zeferino e Luís Otávio Ferreira
Capa | Carol Palomo
Ilustração | Gabriel Ferreira
Revisão | Taliane Oliveira e Daniel Rodrigues Aurélio
Diagramação | Isabela Brandão

Todos os direitos reservados.
Não é permitida a reprodução desta obra sem
aprovação do Grupo Editorial Letramento.

Dados Internacionais de Catalogação na Publicação (CIP) de acordo com ISBD

| B238c | Barbosa, Kátia Maria dos Santos |
|---|---|
| | Cabelo ruim? Que mal ele te fez? / Kátia Maria dos Santos Barbosa. - Belo Horizonte : Letramento ; Temporada, 2021. |
| | 60 p. ; 14cm x 21cm. |
| | Inclui bibliografia. |
| | ISBN: 978-65-5932-093-6 |
| | 1. Mulher negra. 2. Cabelo crespo. 3. Identidade negra. 4. Empoderamento. 5. Feminismo negro. 6. Autoestima. 7. Educação. 8. Racismo. I. Título. |
| 2021-3073 | CDD 305.42 |
| | CDU 96 |

Elaborado por Odilio Hilario Moreira Junior - CRB-8/9949

Índice para catálogo sistemático:
1. Mulheres 305.42
2. Mulheres 396

Belo Horizonte - MG
Rua Magnólia, 1086
Bairro Caiçara
CEP 30770-020
Fone 31 3327-5771
contato@editoraletramento.com.br
editoraletramento.com.br
casadodireito.com

Temporada é o selo de novos autores do
Grupo Editorial Letramento

Dedico esta história à minha filha Liz e a todos os meus alunos e alunas, em especial às minhas alunas negras, que contribuíram de forma decisiva para a construção deste livro, com a coragem e a confiança de compartilhar comigo suas narrativas.

## AGRADECIMENTOS

Gratidão ao universo!

Às mulheres que vieram antes de mim, à minha família, em especial a minha mãe Maria Helena, ao meu querido e saudoso pai, Dimas (in memoriam), e ao meu companheiro Marcelo.

Agradeço carinhosamente a Taliane por me incentivar a enviar meu original para editora.

*Se há um livro que você quer ler, mas não foi escrito ainda, então você deve escrevê-lo*

Toni Morrison

E assim estou fazendo...

## APRESENTAÇÃO

Queridos(as) leitores(as),

Este livro pretende contribuir para a reflexão sobre os diversos elementos depreciativos e discriminatórios provocados pelo racismo. Convido vocês a entrarem nessa viagem comigo para construirmos não só escolas inclusivas e antirracistas, como também uma sociedade em que mais ninguém seja julgado ou julgada pela cor da pele, pelo formato do nariz ou da boca, nem pelos cabelos. Utilizo-me da linguagem criativa e poética da literatura para trazer fatos históricos pertinentes à sociedade brasileira. O texto aqui apresentado, apesar de ser uma ficção, é baseado em inúmeros exemplos e relatos de discriminações sofridas por meninas e mulheres negras.

Até quando isso vai existir? Que lugar você ocupa nessa história? E qual é a sua contribuição para mudar esse cenário?

Falar do cabelo não é somente analisar uma característica física, mas refletir sobre a construção de valores, normas, regras, conceitos e símbolos de uma determinada sociedade. Sendo assim, é algo político, que pode tanto incluir como excluir pessoas dos meios sociais. O objetivo aqui é criar um espaço educativo de ressonância da história e das identidades que foram por tanto tempo marginalizadas e oprimidas. A base para a criação deste conto é a Lei 10.639/2003, que ajuda a construir e valorizar a formação de uma identidade negra positiva.

Sejam meus convidados e minhas convidadas especiais para acreditar que ainda é possível viver em um lugar onde a diversidade seja respeitada e a desigualdade eliminada.

*A AUTORA*

11
**APRESENTAÇÃO**

15
O DILEMA DO CABELO

23
A BUSCA POR RESPOSTAS

29
A DESCOLONIZAÇÃO

37
EMPODERAMENTO

49
O GRANDE DIA

55
**GLOSSÁRIO**

59
**NOTA DA AUTORA**

# O dilema do cabelo

Todos os dias, logo pela manhã, Alika repetia a mesma rotina...

Acordava bem cedo, tomava seu banho, sentava-se de frente para a penteadeira do seu quarto e iniciava o longo processo de pentear suas madeixas. Eram aproximadamente 35 minutos gastos em frente ao espelho, desembaraçando seus fios e conferindo se estavam bem esticados, para só depois prendê-los na forma de um coque. Assim que terminava, vestia a farda da escola, pegava sua mochila e ia em direção à mesa da cozinha. Lá, tomava seu café da manhã, que já estava posto por sua avó Sebastiana. Após terminar, levantava-se, ia ao banheiro escovar os dentes e, na volta, entrava novamente no quarto, olhava-se no espelho e ajeitava mais uma vez seu cabelo. Despedia-se de sua família e seguia seu caminho, a pé, para a escola.

No trajeto para a Escola Pedro Alvares Cabral, ela ajeitava diversas vezes seu cabelo e sua farda. Estava sempre preocupada com a aparência. Alika era uma adolescente, e a ideia de querer estar bem, de agradar o outro, era uma preocupação. Chegando à escola, Alika ia logo em direção à sua sala de aula. Lá, sempre se sentava na mesma carteira, que ficava bem no cantinho da sala. Por mais inteligente que fosse, parecia se esconder de algo... ou esconder alguma coisa. Quase não saia da sala na hora do intervalo – sempre pedia a uma colega para comprar seu lanche.

Certo dia, Alika foi convidada por suas colegas para ir ao pátio, o que não era seu costume. Ela hesitou. Mas pela insistência das colegas, acabou tomando coragem e foi. Sentaram-se em círculo e começaram a falar sobre cabelos. A maioria das meninas tinha o cabelo liso, e enquanto elas conversam sobre o corte das franjas, o comprimento das madeixas, o cabelo que formavam pontas duplas, Alika e mais duas amigas pretas escutavam tudo silenciosamente.

Aquele balanço que as meninas faziam com os cabelos, jogando para um lado e para o outro, trazia um sentimento de dor para Alika. Ela nunca pôde fazer isso com seus cabelos, que sempre andaram amarrados ou trançados. Ela se sentia diferente das outras colegas, pois tinha cabelos crespos. Acho que o mesmo sentimento era comum às outras meninas pretas que escutavam e viam tudo de maneira silenciosa. Até que uma de suas colegas, Eduarda, falou para Alika:

– Nunca vi você de cabelo solto!

Alika olhou assustada e falou:

– Eu? Ah, não gosto!

– Seu cabelo é estranho! – Afirmou Eduarda.

– Estranho como?

Alika questionou, mas seu maior medo era ouvir a resposta de sua colega.

– É ruim! – Disse Eduarda, sorrindo.

Aquela situação era angustiante para Alika, que voltou a questionar:

– Ruim por quê?

– Não sei... deixa eu tocar nele...

– Ahh, não gosto que toquem no meu cabelo!

As colegas começaram a insistir, e agora não era apenas uma – quase todas estavam querendo pegar no cabelo de Alika. De repente, o sinal tocou. Era o fim do intervalo. Ufa! Para Alika, o sinal a salvou daquela situação. Ela se levantou rápido e foi imediatamente para sala de aula, mas ficou com os pensamentos em torno do seu cabelo.

Alika não conseguia se concentrar em mais nada, nem conseguia ouvir a fala da professora. Ela só pensava no seu cabelo. Que cabelo é esse que ela tem? Por que trazia tanto incômodo? Ela começou a folhear o livro didático à procura de imagens de cabelos que lembrassem o seu... porém, não encontrou! Olhava para a professora, mas ela também tinha o cabelo diferente do seu, ou então ela fazia com que ele ficasse diferente. Ela olhou para as paredes, onde tinham alguns cartazes, mas não havia nenhuma imagem onde ela pudesse se reconhecer.

Alika também olhou para Habib, o seu amor platônico, que estudava junto com ela desde o 6º ano. Ele nunca a enxergava, só tinha olhos para outras meninas. E ela acreditava que a culpa era dela, não de Habib. Até porque ele não era o único que não a enxergava. Naquele mesmo momento ela observou toda a movimentação da sala e era nítido como estava invisível ali. Mais uma vez, Alika se questionava o porquê de a vida ser tão injusta com ela, fazendo-a nascer com um cabelo tão diferente.

Alika se lembrou de vários momentos dolorosos que já tinha passado na escola. Aquele não era um ambiente acolhedor, era cruel demais para ela. Desde a educação infantil, ela nunca foi escolhida para ser a rainha do milho. Ou melhor, nem rainha e nem princesa de nada. E ela se questionava: meninas pretas não podem ser rainhas?

Nesse mesmo momento, outra lembrança veio à sua mente: quando era criança, brincando em casa e assistindo a desenhos de princesas, muitas vezes ela pegava as toalhas de banho e colocava na cabeça para ter a ilusão de que seu cabelo era liso. Ahh! Como ela sonhou em ser Rapunzel! Alika não tinha outra referência, as princesas que conheceu, de quem ouviu falar, não eram iguais a ela. E por que eram assim? Mas, não era só o cabelo, a sua cor também era empecilho. Ela chegou a pensar em dar um jeito de vez em seu cabelo, jeito dado por muitas meninas pretas. Mas, e quanto à sua cor, como faria?

Alika também rememorou um episódio que lhe aconteceu aos 5 anos de idade, quando ouviu de uma colega que a sua cor era feia e, ao chegar em casa, entrou no banheiro, escondida da mãe, e jogou talco por todo o corpo. Ela queria ser branca, tanto quanto a Branca de Neve. Mas quando a mãe abriu a porta do banheiro, deu-lhe uns tapas e ficou horas brigando por ela ter desperdiçado tanto talco. Ela chorou demais naquele dia, mas nunca entendeu que a dor não era pelos tapas, pois essa dor nunca passava, ela estava impregnada em sua alma. Naquele momento, ela nem sabia explicar, só sentia.

Agora, aos 14 anos, Alika refletia sobre tudo o que lhe tinha acontecido, analisava as suas características físicas, a sua estética. O cabelo para ela tinha se tornado o seu maior problema. Ela não compreendia ao certo o porquê disso, e não entendia que o problema não estava no seu cabelo, e sim nas pessoas que não o aceitavam. Seu grande dilema era: deveria ou não alisar o cabelo? Ela acordava todos os dias com a sensação de que carregava um peso nas costas, ou melhor, para ela, esse peso estava sobre a cabeça, pois os seus cabelos eram vistos como uma juba revolta, e quando se olhava no espelho ela não gostava do que via. Quantas vezes, aos finais de semana, ao se sentar à mesa para tomar café da manhã, ela ouvia da sua vó Sebastiana:

– Vá, menina, dar um jeito nesse cabelo ou então corta logo ele. Se chegar uma visita sem avisar e se deparar com você assim, malcuidada, vão falar o quê?

– Mas minha avó, malcuidada por quê?

Maria, a mãe de Alika, costumava aparecer logo para encerrar a conversa.

– Não questione sua avó, respeite os mais velhos, menina! Vá prender esse cabelo, abaixar logo essa mata ou vou cortar igual a homem, Joãozinho!

Nesse momento, ela tinha que engolir seu choro e as perguntas que vinham à sua cabeça. Voltava para o quarto e se olhava no espelho para buscar entender qual era o problema que carregava. Porém, ela jamais teria a coragem da rainha má dos contos de fadas para fazer a famosa pergunta ao espelho:

– Espelho, espelho meu, existe alguém mais bonita do que eu?

Nem precisava responder. As pessoas à sua volta já tinham a resposta, assim ela acreditava. A sua relação com o espelho era de amor e ódio. Ela sempre buscava seu reflexo no espelho, pois se preocupava com sua aparência, ao mesmo tempo que o odiava, pois ele revelava suas dores. O volume dos cabelos deixava Alika apavorada. Ela detestava ver um fio fora do lugar, eles deveriam estar sempre baixos. Por isso, o gel era um amigo inseparável, e ela o usava sempre em grandes quantidades, principalmente na parte da frente do cabelo, pois precisava manter os fios bem baixinhos.

Por outro lado, só gostava do seu cabelo no dia em que lavava. Era um ritual sagrado, um instante só seu. Era o momento em que ela se permitia tocar nos fios com carinho e cuidado, era um dos únicos momentos que ela sentia prazer em se olhar no espelho, pois seu cabelo molhado ficava mais comprido, escorrido, e ela o considerava mais arrumado. No dia de lavagem, enquanto os cabelos estavam ainda molhados, ela tirava várias *selfies*, mas depois de trinta minutos, ela já os prendia. Eram só trinta minutos de amor e de alegria...

Quando seus cabelos não estavam presos, estavam trançados. Maria gostava de trançar os cabelos de sua filha. Esse era um momento íntimo, de aproximação entre a menina e sua mãe. Mas Alika não queria viver mais com aquelas tranças, pois na sua turma da escola, só ela usava esse tipo de penteado. Afinal, já era uma adolescente, não queria ser vista como uma menina que ainda tinha os cabelos trançados pela mãe, e as opiniões dos colegas importavam demais para ela. Por isso, vivia prendendo os cabelos, fazendo coque, pois deixá-los soltos era uma coisa impossível na mente dela. Alika não queria nem sonhar com o que os colegas poderiam dizer.

Muitas vezes pediu à mãe para alisar seu cabelo, mas Maria alegava que ainda não tinha idade, e que também seria caro levá-la ao salão para usar produtos químicos. Prometia fazer isso quando completasse 15 anos, e Alika sonhava com a chegada desse aniversário. Sonhava em ganhar uma prancha para usar nos cabelos, e faltava pouco!

Alika tinha muitos sonhos, inclusive o de ter muitos amigos e amigas, queria ser popular, como ocorre com suas colegas de cabelos longos e lisos. Será que um dia alguém iria olhar para ela e admirá-la? Como ela sonhava com esse dia! E por que ele demorava tanto a chegar? De quem era a culpa?

Esses questionamentos de Alika estiveram presentes durante todo o tempo da aula, ou melhor, durante toda a sua vida!

# A busca por respostas

De repente, o sinal da escola tocou, alertando o final da aula. Alika nem sentiu, pois suas lembranças provocaram um mergulho no tempo. Agora já era o momento de voltar para casa. Durante o caminho, lágrimas caiam dos seus olhos, e ela tentava enxugá-las para que ninguém notasse, da mesma forma como tentava se esconder de suas colegas. Mas os questionamentos persistiam: por que ela se sentia tão diferente das colegas brancas? Ou, melhor, por que as colegas faziam com que ela se sentisse assim?

Até que ela chegou à sua casa, e imediatamente tentou conversar com sua avó, que lhe respondeu:

– É assim mesmo minha neta, já passei por isso. Elas fazem isso porque o cabelo delas é bom, e o seu não é.

Ouvir isso de dona Sebastiana não ajudou em nada Alika. Então, ela se perguntava mais uma vez: quem definiu isso de cabelo bom ou ruim? Bom para quem? Por que o meu é ruim? Alika não compreendia porque as pessoas insistiam em fazê-la se sentir realmente diferente, porque carregava no seu corpo um tipo de cabelo considerado ruim, enquanto outras meninas carregavam um cabelo visto como bom. A manhã de Alika não foi nada legal, seus pensamentos deixaram-na muito triste, e ela precisava amenizar essa dor.

Então, foi para sala e ligou a televisão para tentar esquecer tudo aquilo. Mas a TV também não ajudava. Nela, só se viam mulheres brancas com seus cabelos lisos e olhos claros. Ela resolveu desligar a televisão e procurar um livro. Ela buscava respostas para suas perguntas, e a leitura poderia ser um bom caminho. Assim, uniria o útil ao agradável, já que gostava de ler e sempre foi uma das alunas com as notas mais altas da sala. Mas, como já dizia sua mãe, pela cor que ela tinha, ela precisava ser duas vezes melhor, e mesmo não entendendo de fato essa expressão, ela se esforçava muito para isso.

Nesse momento, ela procurou as respostas na literatura, mas percebeu que a maioria dos seus romances falava de personagens com características físicas totalmente diferentes das suas. Então, ela reparou também que os livros trabalhados na escola são, na maior parte, de autores brancos e que falavam de pessoas brancas. E que tipo de resposta ela poderia encontrar nesses livros? Onde a sua estética negra seria valorizada?

A partir daí, ela passou a entender a importância de buscar autores que fossem parecidos com ela, ou seja, que fossem representativos. O caminho então era começar pelos autores negros, por pessoas da mesma cor que ela. Mas a escola não pensava nisso, um ou dois autores eram negros, e eles eram homens! Ela sentiu vontade de conhecer escritoras negras, pois já entendia que a questão de ser mulher e ter a mesma cor as aproximavam bastante. Ela precisava buscar isso sozinha, e a internet poderia ajudá-la.

Olhando um site aqui, outro ali, encontrou uma autora chamada Carolina Maria de Jesus, que até aquele momento ela nunca tinha ouvido falar, mas que tratava de coisas mais próximas ao seu mundo. E ela passou a acreditar que poderia encontrar muitas mais. Não seria um trabalho fácil, mas Alika já tinha iniciado suas buscas.

Por que a escola nunca a permitiu conhecer essas escritoras? – Pensava Alika.

Nessa busca, ela chegou também ao universo das blogueiras, em sua maioria meninas brancas que fazem sucesso fechando parcerias com grandes empresas de produtos de beleza. Essas empresas usam os canais das influenciadoras digitais para divulgar seus produtos. Porém, ela não desistiu, continuou a procurar e encontrou também as meninas negras, que não eram muitas, mas faziam uso desses canais para compartilhar suas experiências de vida, inclusive para falar da relação com seus cabelos. Pela primeira vez, Alika ouvia a palavra autocuidado, começou a entender sobre a importância de se libertar de padrões de beleza impostos e sobre como é necessário aprender a se amar.

Suas respostas não seriam obtidas da noite para o dia, Alika tinha muito ainda para caminhar, mas só a sua disposição já era um bom sinal.

Nessa hora, em que ela estava sozinha no seu quarto, vendo meninas que moravam tão longe dela, mas que falavam de coisas tão significativas, tão próximas à sua realidade, ela foi surpreendida com a chegada de sua prima. Dandara tinha 20 anos e cursava História numa universidade pública da região. Foi a única da família, até então, a se tornar universitária. Era um orgulho para todos. E, apesar da diferença de idade, as primas eram muito amigas.

Parece que o universo estava conspirando para o despertar de Alika. Ela não sabia exatamente como seria, mas alguma coisa lhe dizia que estava próximo o seu primeiro passo para uma mudança. E aquilo tudo que ela estava começando a conhecer e entender aliviaria a sua tristeza não somente naquela tarde, mas ao longo de toda a sua vida.

# A descolonização

– Prima, vim te visitar – Chegou falando Dandara.

Dandara se parecia com as blogueiras negras que Alika tinha descoberto na internet, era um exemplo positivo a ser seguido. Ela admirava demais sua prima, achava-a muito inteligente, bonita e corajosa. Talvez essa definição de corajosa vinha do fato de que Dandara fazia coisas que Alika desejava fazer, mas não tinha coragem, entre elas, a forma como a prima usava as roupas e os cabelos.

Já Maria não gostava do visual de sua sobrinha Dandara, enquanto Alika achava aquilo tudo o máximo... poderia chamar até de libertador. Ela pensava: Meu cabelo não deveria estar preso e nem com o volume amenizado, deveria estar como o de Dandara! Alika estava começando a valorizar seu cabelo, pois ele não era bom e nem ruim, e sim diferente.

Alika perguntou a Dandara:

– Prima, o que as pessoas falam do seu cabelo?

– As pessoas já me disseram um monte de coisas, Alika, mas não ligo, porque hoje eu me vejo e me reconheço assim, desse jeitinho que sou. Aprendi a me amar! Quem constrói o sentido de beleza são as pessoas. Então, ser belo ou feio é parte da construção da sociedade, e eu passei a construir meu próprio sentido de beleza.

– Amei, prima!

Alika começou a refletir sobre o autoamor e sobre a ideia de beleza da sociedade. Estava entendendo que a estética vem da percepção daquilo que é visto como belo e, como tal, pode ser manipulada ou influenciada, dependendo dos interesses de determinados grupos. Enquanto isso, Dandara acrescentava:

– Já alisei por muito tempo meu cabelo, queria ficar igualzinha às minhas amigas. Mas nada que eu fizesse me tornava igual. Passava pelo sofrimento constante de químicas no meu cabelo. Quantas vezes chorei, colocando aqueles negócios que ardiam na minha cabeça, até me acostumar com tudo aquilo? Mas era uma prisão, não podia tomar chuva, não podia tomar um banho de mar à vontade, não podia deixar ninguém tocar, porque suava. Era tanta coisa ruim! No início, até me sentia bonita, mas com passar dos anos, nada daquilo me agradava, eu não me reconhecia. Eu me olhava no espelho e era como se não me reconhecesse.

– Eu entendo! – Disse Alika.

– E por mais que tentasse me tornar igual às minhas amigas de cabelo longo e liso, eu não conseguia. Porque elas sempre davam um jeito de me mostrar que eu era diferente delas. Até que um dia entendi que realmente sou diferente, mas que na verdade isso não me faz feia. E não permito mais que excluam a minha beleza.

– E aí, o que você fez?

– Cheguei para minha mãe e disse que daquele dia em diante não iria alisar mais o meu cabelo.

– E minha tia aceitou de imediato?

– Que nada! Falou que meu cabelo era duro e que precisava daquilo para ficar melhor.

Alika lembrou que sua mãe pensava da mesma forma, não era à toa que as duas eram irmãs. Mas continuou a ouvir sua prima.

– Tentei explicar à minha mãe que o meu cabelo era crespo, e ser crespo não é ser duro e nem ruim. Primeiro porque meu cabelo não era pau, segundo porque ele não tinha feito mal a ninguém. E, afinal, eu nasci assim!

As duas riram, e a conversa continuou:

– E minha tia falou o quê?

– Ela me disse: Então você faz o que quiser, depois não me venha chorando quando o pessoal começar a falar mal do seu cabelo. Porém, eu já estava decidida. Compreendi que minha mãe falava assim para me proteger, acreditando que o alisamento do cabelo evitava o racismo.

– Racismo???

– Sim, racismo! Quando pessoas usam características físicas dos negros para discriminar e inferiorizar é racismo! Você já viu alguém falando mal do cabelo de um branco? Alguém já te disse que cabelo liso é ruim? Por que isso acontece com a gente? Falam do nosso cabelo, do nosso nariz, da nossa boca... falam de tudo!

Alika nunca tinha refletido sobre isso, apenas se achava feia por não ter as mesmas características físicas das suas colegas. E Dandara continuava:

– Veja, Alika, nossos pais também falam assim, porque nunca tiveram referências negras para que aprendessem a se amar. Na televisão, nenhum ator negro era protagonista, os negros só apareciam fazendo papel não valorizados pela sociedade, como empregada doméstica e motorista. Ou, pra piorar, era sempre o ladrão, o traficante. Nas revistas, também não apareciam pessoas da nossa cor. E quando o assunto era beleza, as capas sempre eram com mulheres brancas. Na hora do emprego, sempre as mulheres brancas que eram colocadas para atender ao público, e as pessoas da nossa cor sempre ficavam nos bastidores. E a indústria de cosméticos, que nunca se preocupou em fazer produtos destinados a nós? Eram produtos de cabelo e maquiagem voltados só para os brancos. Boneca branca, quantas existem? Mas, e bonecas pretas?

– Verdade!!!

– Como nossos pais iriam aprender a se amar, a ter uma autoestima elevada e pensar diferente? Nunca! Mas nós podemos fazer diferente. E eu comecei já mudando a minha aparência, ou melhor, tirando a capa que me cobria, e me tornando eu mesma. Enfrentando todo e qualquer tipo de racismo.

– Foi fácil essa mudança?

– Não, Alika, porque a questão não é somente por termos uma aparência diferente, e sim por sermos tratados de modo diferenciado. O problema maior é a discriminação que nos torna cada vez mais diferentes e distantes das pessoas não negras. Enquanto houver o racismo, nada será fácil.

Alika, refletindo sobre as palavras da sua prima, questionou:

– Como você passou a entender tudo isso, Dandara?

– Lendo, Alika. Vou te trazer um livro de Conceição Evaristo, uma autora negra, que vai te ajudar a entender tudo isso também, pois muitos acham que o racismo é um problema nosso, nos acusam de enxergar coisas onde não existem, mas se esquecem que o problema é o racismo estrutural e institucional. Falam que a gente se vitimiza, que tudo é mimimi, mas em nenhum momento perguntam o que o racismo fez comigo. Como eles querem falar sobre algo que dizem que não existe, se sou eu que sinto? Se sou eu que sofro?

– E como encontrar solução para tudo isso, Dandara?

– Com a conscientização coletiva de negros e brancos, e a efetivação de políticas antirracistas. A criação de um muro entre nós não adiantará nada, ninguém vive isolado numa ilha, todos nós precisamos um do outro para realmente construirmos uma sociedade igualitária e democrática. A construção de pontes é importante para todos nós.

– Mas é possível construir essa ponte com minha colega branca que sempre foi admirada, aceita e desejada nesse padrão imposto?

– É possível, Alika. O conceito de beleza aprisiona todas nós, pois até elas precisam o tempo todo atender a esse lugar. Ninguém é igual a ninguém, e estar cumprindo o que nos impõe é torturador. O bom mesmo é ser livre e se amar, sem aprisionamentos.

Aquela conversa entre primas durou horas. Ao final da tarde, Dandara foi embora, mas suas palavras ecoavam no quarto e na mente de Alika. Ela passou a noite em claro, lendo livros e assistindo a vídeos na internet de meninas crespas que falavam sobre identidade negra. Os dias foram passando, e Alika estava imersa nesse mundo das redes sociais, dos grupos virtuais, dos blogs, dos vídeos no Youtube, e de leituras que eram feitas todas as tardes, assim que chegava da escola.

# Empoderamento

Certo dia, Alika estava se produzindo para ir à escola. Enquanto estava sentada, em frente ao espelho, penteando seus cabelos com um pente largo e usando um creme do pote grande indicados por Dandara, borrifando cada mecha, olhava-se no espelho e relembrava de cada palavra dita por sua prima. A partir daí, foi criando coragem e resolveu que não iria mais prender seu cabelo. Afinal, queria deixar as suas madeixas soltas.

Alika morava com sua mãe na casa da sua avó Sebastiana, pois Maria trabalhava fora o dia todo, numa cidade vizinha, cuidando dos filhos dos patrões. Mal tinha tempo de olhar e conversar com sua filha. Saía de manhã cedo, ainda com tudo escuro, pois tinha que pegar duas conduções para chegar ao trabalho e, quando terminava a labuta, a volta também era difícil. Costumava retornar perto das 22 horas. Precisava dormir cedo, pois às 4 horas da manhã estaria de pé novamente. E era justamente a avó que acordava cedinho para preparar o café de Alika, já que sua mãe trabalhava para sustentar a família.

Naquela manhã, quando Alika se sentou à mesa para tomar café, sua avó indagou:

– Acordou tarde?

– Não vó, acordei cedo. Coloquei o despertador.

Avó fez uma cara de estranheza, e perguntou:

– Vai com esse cabelo, solto assim??

E antes mesmo de dona Sebastiana concluir a pergunta, Alika acrescentou logo:

– Sim! Leve, solto e arrasando!!!

Alika nem terminou o café, pegou a sua mochila e partiu para a escola, antes que avó falasse mais alguma coisa. Durante o caminho, percebia os olhares e os buchichos das pessoas. E, ao chegar à escola, as mesmas colegas se aproximaram de Alika, e disseram:

– Saiu atrasada, foi? Cadê o cabelo preso de sempre?

– Você penteou o cabelo hoje, Alika? – Outra interrogou.

Uma terceira colega, sem permissão, tocou no cabelo de Alika e disse:

– Gente, é macio o cabelo dela, toca aqui para vocês verem.

Alika ouvia todas aquelas perguntas e interferências em silêncio, mas era nítido o incômodo que sentia por conta daqueles comentários, especialmente pela intromissão de ser tocada sem sua autorização. Aquilo era extremamente perverso, invasivo e doloroso. Ela pensou em dizer não para tudo aquilo, de forma enfática, mas ficou mesmo paralisada diante daquela situação. Alika estava em processo de mudança.

Até a professora passou por ela e, achando estranho, disse:

– Está diferente, hein Alika?

Mas os meninos foram os piores, começaram a rir e dizer:

– Está toda uma arupemba!

– É uma samambaia! – Outro disse.

– Isso é uma verdadeira juba! – Um terceiro.

– Será que ela consegue lavar todo esse cabelo? Posso cheirar? – Ousou dizer outro menino.

– Olha para você garota, veja como está? – Perguntou mais um.

Alika continuou calada, mesmo triste. Mas ela se lembrou de todas as palavras da sua prima Dandara, de todas as descobertas feitas por ela naqueles dias e continuou firme no seu propósito – era preciso combater o racismo! Nesse instante, as duas amigas pretas que tinha, Antônia e Beatriz, aproximaram-se com um olhar de surpresa pela mudança que viam. Alika não havia compartilhado nada até então com suas amigas, pois temia o que elas poderiam achar, se iriam entender seu ponto de vista e gostar de todas as novidades que tinha descoberto e, na dúvida, preferiu não comentar antes. Mas as meninas não estavam ali para julgá-la, ao contrário, estavam ali para apoiá-la. Admiradas com sua atitude, falaram:

– Você vai suportar tudo isso? – Questionou Antônia.

– Não, eles que vão ter que suportar meu autoamor e minha autovalorização.

– Como você vai conseguir isso, Alika? – Acrescentou Beatriz.

– Não vou permitir que ninguém mais me ensine a odiar meus cabelos, meu nariz e a cor da minha pele. Eles vão me ver todos os dias assim, até que entendam que existem outras belezas, além daquelas que eles escolheram para serem belas.

As meninas olharam surpresas para Alika, que logo complementou sua fala:

– Meninas, vocês precisam ler o que estou lendo, e assistir aos vídeos também. Vejam aqui essas blogueiras negras, olha o que elas falam sobre o nosso cabelo...

Naquele momento, as meninas foram convidadas a conhecer novas narrativas. Alika pegou seu celular e foi mostrar as blogueiras negras que tinha conhecido. Não se sabe quantos vídeos assistiram dali em diante. Antônia estava encantada com esse novo mundo, e vendo a imagem de uma menina negra comentou:

– Ela tem o cabelo igual ao meu! E olha como ela é linda!

– Podemos chamar de uma estética ancestral africana, vocês não ouviram a fala daquela outra blogueira? – Enfatizou Beatriz.

– Sim!!! – Responderam Antônia e Alika, com entusiasmo.

– Sempre quis assumir meu crespo, mas nunca tive coragem. Você está me encorajando, Alika! – Retrucou Antônia.

Beatriz, que alisava o cabelo, começou a relatar o sofrimento que passava ao utilizar essa técnica, pois esse procedimento não a fazia feliz, e disse:

– Vou criar coragem e fazer um *big chop*, voltar ao meu natural.

Alika respondeu:

– Obrigada, meninas! Se cada uma de nós, com nosso próprio cabelo, incentivar outras meninas, vamos quebrar esse padrão de beleza que existe na escola e na sociedade. Assim, nossos colegas e professores vão perceber que cada uma tem seu estilo, vão aprender a valorizar as múltiplas belezas que todas nós temos, negras e brancas.

E Alika continuou sua fala:

– Ao longo de anos, construíram a ideia de que a beleza era uma só. Mas esse padrão foi criado pelos próprios brancos, como sinal de poder, então vamos fazer o contrário. Vamos acender a nossa negritude, mostrar a eles que há beleza também nos nossos corpos. E que é a diferença que faz o mundo bonito. Imagine se todos fôssemos iguais, em todos os aspectos, haveria beleza nisso? O legal é justamente a diversidade!

Alika já não era mais a mesma, e as colegas que ouviam sua fala atentamente percebiam essa mudança. Uma mudança que partia de dentro para fora. Aquelas palavras tinham um poder tão revolucionário. Alika havia despertado.

No caminho de volta para casa, Alika se deparou com sua prima Dandara, que estava acompanhada de alguns amigos. Todos estavam sentados na praça principal da cidade, quando Alika chamou por sua prima. Dandara, não reconhecendo Alika, olhou de forma rápida e virou o rosto, mas depois voltou novamente o olhar em direção à sua prima, e falou:

– Alika, nem estava te reconhecendo! É você mesma?

– Sou eu sim! – Respondeu Alika, meio envergonhada.

– Prima, você está empoderadíssima!! Vejo que a nossa conversa naquele dia surtiu muito efeito. Estou orgulhosa de você. Vem cá, vou te apresentar aos meus amigos.

Alika estava toda envergonhada. Eram jovens universitários, com idade entre 18 e 24 anos, todos com cabelos diferentes: uns usavam *dreads*, outros com *box braids*, *black power*, outros ainda com turbantes ou penteados africanos, alguns cacheados ou lisos, e tinha até uma menina com cabelo raspado na máquina zero! Era um mundo realmente diferente, mas que fazia todo sentido para Alika.

– Gente, essa é minha prima Alika! – Falou Dandara para seus amigos, e todos a cumprimentaram e a receberam muito bem.

– Ela é uma gatinha! – Respondeu um menino que usava *dreads*.

– É mesmo, minha prima tem uma beleza de parar o trânsito! E agora, mais ainda, porque consigo vê-la plenamente! – Completou Dandara, piscando os olhos e sorrindo para Alika.

Alika estava anestesiada com esses novos amigos que ela estava conhecendo. Inclusive por ouvir que é uma menina bonita. Logo ela, que passou tanto tempo sem acreditar na sua beleza.

A cada dia Alika se sentia mais autoconfiante. Ela poderia dizer que a prima tinha toda razão, ela estava se sentindo empoderada. Alika havia aprendido que todas as mulheres têm poder, mas que suas experiências de discriminação, racismo e sexismo faziam com que ela e outras mulheres não acreditassem mais nisso. Com suas buscas, ela estava percebendo que não se tratava de uma tomada de poder, mas sim da retomada do poder que ela sempre teve, herdado de seus ancestrais, mas que ficou por um bom tempo adormecido. Agora ela sentia a necessidade de se encontrar consigo mesma, e conhecer essa nova Alika era fascinante.

No dia seguinte, na escola, Alika se surpreendeu com as amigas Antônia e Beatriz, que tinham cumprido o que haviam falado.

– Meninas, que bom que vocês fizeram realmente isso. Esse apoio é fundamental!

– Alika, não estamos assim só para te apoiar, estamos dessa forma para nos amarmos. Ontem à tarde, quando cortei meus cabelos, chorei tanto, mas não era de tristeza, era de alegria. Alisava meu cabelo de três em três meses, porque não conseguia ver nada enrolando que já metia química. E ontem, quando passei a tesoura, pude sentir meus pequenos cachinhos querendo sair, eu me emocionei. Nem lembrava mais como eles eram, desde os meus 5 anos que minha mãe alisava meu cabelo. E agora, dez anos depois, vejo a beleza dos meus caracóis. – Disse Beatriz.

Antônia acrescentou:

– O meu não faz cachos, mas também nem quero isso. Sempre tive vontade de deixar ele bem solto, bem volumozão! Mas não fazia isso, por medo do que as pessoas iriam falar, só que depois da nossa conversa de ontem, estou me sentindo uma mulata poderosa.

– Mulata??? – Indagou Alika, com estranhamento.

Foi então que Antônia percebeu que tinha muitas coisas ainda para aprender, e Alika poderia ajudar nisso. As três amigas marcaram de se encontrar no pátio, no horário de intervalo.

Chegou a hora tão esperada, as meninas pretas se sentaram em círculo e começaram a compartilhar suas experiências, não só com os cabelos, mas também em relação à cor de pele. Alika aproveitou para explicar a Antônia o que era ser mulata.

– Antônia, a palavra mulata vem de mula, um animal que é resultado da mistura do jumento com a égua. É uma palavra de origem espanhola, refere-se àquilo que é híbrido, ou seja, um cruzamento entre espécies.

– Oxe! E é? Uso esse nome porque na televisão o tempo todo fala essa palavra se referindo a pessoas da nossa cor.

– Verdade. Essa palavra é utilizada desde o período da colonização brasileira, para se referir à mestiçagem, à mistura entre negros e brancos. E essa miscigenação vem ligada a um projeto de branqueamento.

– Projeto de branqueamento? Como assim, Alika? – Antônia indagou.

– Vou te explicar: os negros eram vistos como inferiores, esse racismo ligado à cor preta vem desde a escravidão no nosso país. E não deixou de existir após a abolição, pelo contrário, a ideia de desenvolvimento da nação brasileira está ligada ao branqueamento, à tentativa de branquear a população, já que o branco era visto como superior. O projeto nacional era termos filhos com pessoas de cor mais clara, para aos poucos ir clareando a população brasileira e desaparecendo a cor preta da nossa sociedade. É por isso que a palavra mulata ou mulato passou a ser usada para se referir a pessoas que eram filhos de homens brancos e mulheres negras.

– Não sabia desse projeto! Mas, ninguém é superior a ninguém!!!

– Exatamente! Não existe essa superioridade, não existe raça negra e nem raça branca. Somos todos pertencentes a um só grupo, a raça humana.

– Com certeza!

– Antônia, isso é o que chamamos hoje de racismo científico.

Assim, durante as aulas, em todos os intervalos, as meninas cumpriam a mesma rotina: sentavam-se em círculo e falavam das suas experiências, do que sentiam e do que estavam aprendendo. E a cada dia o círculo aumentava mais, eram meninas de todas as turmas assumindo seu crespo e afirmando a sua identidade.

Enquanto isso, as meninas brancas assistiam de longe, até que um dia Laura falou para suas colegas:

– Tenho muita vontade de sentar com as meninas em círculo. Queria ouvir o que elas falam e aprender um pouco.

– Eu também – retrucou Patrícia. – Me amarrei no cabelo de Alika!

– E eu, no cabelo de Antônia! – Falou Vanda.

– Será que elas aceitam que a gente participe desse círculo?

– Vamos perguntar! – Vanda respondeu.

As meninas se aproximaram e pediram para participar do círculo, e foi unânime a resposta que ouviram:

– Sim, será um prazer! – Falaram todas numa só voz.

E o círculo só crescia. As trocas de experiências aproximavam as meninas. Com o passar do tempo, era visível o espaço de afetividade e fortalecimento que elas criaram. A escola já estava diferente, e Alika a cada dia mais animada.

# O grande dia

O tempo foi passando, até que chegou o dia tão esperado por Alika: era o seu aniversário, seus 15 anos! Ao acordar, ela deu um pulo da cama e foi correndo para a cozinha, como fazia toda manhã, e lá encontrou sua mãe Maria e sua avó Sebastiana, mas nenhuma das duas lhe deu os parabéns. Era o dia de folga da sua mãe, coisa rara, então quando isso acontecia, já era uma felicidade para todas, pois era o dia de colocar os assuntos em dia, cuidar uma das outras e conversar com as vizinhas. Só que Alika achou muito estranho elas terem esquecido a data do seu aniversário, mas resolveu não perguntar e fingir que era um dia normal, tanto quanto os outros. Precisava se apressar porque iria para a aula.

Então, logo depois do café da manhã, ela foi ao quarto, terminou de se arrumar, pegou sua mochila e seguiu para escola. Alika estava pensativa. Ao chegar, foi recebida pelos colegas com muita felicidade. Ela agora era uma referência para todos ali, sua transformação e seus conhecimentos adquiridos faziam com que fosse muito admirada na escola. Os tempos eram realmente outros...

Mas, apesar de receber os parabéns dos seus colegas, Alika não parava de pensar na falta dos parabéns da sua mãe e avó. A manhã passou e já era hora de retornar para casa.

Quando chegou, Maria estava lá à sua espera. Assim que abriu a porta, mandou logo Alika ir ao banheiro lavar as mãos, porque o almoço já estava posto. Alika apenas obedeceu e não falou nada. Durante a refeição, sua avó contava as histórias de quando era criança. Já ara um hábito ouvir as narrativas de dona Sebastiana, que por sinal eram muito engraçadas. Porém, Alika continuava sem entender o esquecimento das duas sobre a data do seu aniversário, mesmo assim preferiu não comentar nada. Alika estava estranhando muitas coisas naquela casa, ela se questionava se tanto a mãe quanto a avó não teriam percebido suas mudanças nesses últimos tempos. Entretanto, tudo ficava somente nos seus pensamentos...

Ao terminar o almoço, voltou para o seu quarto para fazer as tarefas de casa e ler – agora os livros das suas autoras negras preferidas.

Já de tardezinha, Maria chamou Alika para fazer um lanche, quando ela foi surpreendida com os parabéns dos seus familiares, e um embrulho sobre a mesa da sala.

Alika, feliz pela surpresa, correu para abrir seu presente, e lá estava uma prancha de cabelo e uma carta da sua mãe e avó dizendo que ela tinha ganhado também um alisamento que estava pago no salão, que ficava na esquina da sua rua.

Alika ficou sem reação, não era mais esse o presente que ela desejava. Como iria falar isso com sua mãe, já que agora seu desejo não era mais esse? Enquanto ela viajava em seus pensamentos, a sua avó disse:

– Vamos cortar o bolo e servir aos convidados. – E assim ela o fez.

Após o término da sua festinha, ela foi para o quarto, levando consigo o seu presente. Sentou-se, colocou a prancha sobre a penteadeira e olhou para o espelho. Há um ano, era tudo o que ela queria, aquele presente, e agora ela tinha um alisamento pago no salão e sua tão sonhada prancha, mas não estava feliz com isso. O que mudou? O que aconteceu?

Então, Alika resolveu guardar o seu presente numa caixa que ela costumava deixar em cima do guarda-roupa. E aí, quando ela pegou a caixa, um bilhete caiu, era do seu pai para sua mãe Maria. Alika tinha poucas lembranças do pai, que havia sido vítima de uma bala perdida, no caminho do trabalho para casa, quando ela tinha apenas 5 anos de idade. Nem se lembrava se já tinha visto essa carta... Nesse instante, ela se sentou na cama e começou a ler.

Era uma carta simples e com muito amor...

Querida Maria, já faz duas semanas que não te vejo. Estou morrendo de saudades de ti, espero que esteja tudo bem com a nossa garotinha. Estou esperando ansiosamente pela chegada dela. Já pedi ao meu patrão que me libere na semana do seu parto, e ele me garantiu que vai me dar duas semanas de folga. Veja, que maravilha!

Comprei três roupinhas lindas para a nossa bebê e já sei o nome que vamos dar a ela. É um nome de origem africana, quero fazer essa homenagem aos meus avós que eram de lá, e vieram da Nigéria. Além disso, tenho certeza de que minha filha será a representação do seu nome, ela se chamará Alika:

"A MAIS BELA DE TODAS"

Beijos do seu amado,

Ekon.

Alika, extremamente emocionada, nem imaginou que sua mãe Maria teria colocado aquela carta na caixa, mas a mensagem do seu pai ficou bem clara. Ela entendeu pela primeira vez o significado do seu nome e agora, mais do que nunca, tinha consciência do que queria e o que a fazia feliz. Na noite do seu aniversário, Alika ganhou o melhor presente de todos os tempos.

# GLOSSÁRIO

Coque: um penteado clássico dos anos de 1950, que passou por várias releituras e é usado até os dias de hoje. O cabelo é preso todo para trás no topo da cabeça, a partir de um rabo de cavalo ou de uma trança, muito usado especialmente entre as mulheres para evitar o volume e o *frizz*.

Amor platônico: refere-se a uma relação na qual aquele que ama idealiza a pessoa amada. É um amor tido como inatingível, pois a pessoa amada nem fica sabendo desse amor, que é mantido em segredo. É um termo que se origina do nome de Platão, filósofo da Antiguidade Grega, no entanto, ele discorre sobre o amor ao belo, que não se fundamenta num interesse, e sim na virtude.

Juba: crina que é formada por pelos volumosos que rodeiam a cabeça e o pescoço do leão. O termo é usado para se referir a uma cabeleira abundante e/ou mal penteada.

Mata: faz associação à palavra mato, uma vegetação constituída de plantas agrestes não cultivadas, de porte médio ou grande, geralmente sem qualquer serventia. Referindo-se a cabelo, significa uma cabeleira grande sem serventia.

Prancha: também conhecida como chapinha, é uma ferramenta de calor desenvolvida para alisar e/ou retirar o volume dos cabelos. É uma versão elétrica e mais atual do chamado pente-quente, criado pela afro-americana Annie Pop Turnbo-Malone em 1900, um pente de ferro com cabo revestido de madeira que era esquentado na chama do fogão e usado para alisar os cabelos crespos.

Blogueiras: designa alguém que publica em blogs. O termo *blogger*, do inglês, tem o mesmo significado de *site*, página em forma de diário on-line utilizada para partilhar informações, experiências pessoais ou notícias.

Racismo estrutural e institucional: o primeiro é um conjunto de práticas, hábitos, situações e falas inseridas nos nossos costumes cotidianos, que promovem preconceito ou segregação racial. Enquanto que o racismo institucional é a manifestação da discriminação racial por parte de instituições públicas e privadas, do Estado e das leis que acabam promovendo a exclusão.

Políticas antirracistas: são ações propositivas que buscam construir meios de superação do racismo.

Arupemba: é um tipo de peneira, feita de palha trançada ou fibra, muito utilizada na região Nordeste do Brasil.

Samambaia: é um tipo de planta ornamental muito popular no Brasil, com várias espécies. Referindo-se ao cabelo, significa um cabelo volumoso, cheio de cachos.

Estética ancestral africana: é uma estética de valorização da cultura e da pessoa negra, com traços e símbolos usados pelos seus ancestrais.

*Big chop*: expressão da língua inglesa que significa o "grande corte", também conhecido como BC, muito realizado durante a transição capilar, onde se retira toda a parte que tem química, a parte alisada, deixando apenas a parte natural do cabelo.

Empoderadíssima: vem do verbo *empoderar*, que significa o domínio da sua própria vida, um processo de construção da autoconfiança, autoestima e autoafirmação, sobretudo para mulheres, sejam elas de qualquer etnia.

*Dreads*: é o diminuitivo da palavra *dreadlock*, um estilo de cabelo no qual se mantém um conjunto de fios emaranhados, permitindo que cresçam juntos e de forma cilíndrica. Tornou-se conhecido com o movimento rastafári, de origem africana, onde seus adeptos não cortam e nem penteiam os cabelos por motivos religiosos, mas se popularizou mesmo a partir de Bob Marley, cantor e compositor jamaicano adepto dessa filosofia.

*Box Braids*: também são conhecidas como "tranças Kanekalon" (nomes de uma das marcas que fabricam cabelo sintético) ou "tranças sintéticas", elas são um estilo de penteado protetor, onde o entrançamento é feito nos fios naturais com a adição de cabelos sintéticos. Tornou-se popular no Brasil nos anos de 1990, mas tem origem na cultura africana, principalmente com as tranças nagô. Hoje muitas meninas adotam esse estilo também para facilitar o processo de transição, por questão estética somente ou como símbolo de resistência negra.

*Black Power*: é um modelo de corte que apresenta os fios cacheados ou crespos bem volumosos, com um formato arredondado e as pontas repicadas. Essa forma de usar o cabelo ganhou notoriedade com o movimento político, social e cultural chamado Black Power, que surgiu entre o final da década 1960 e o início dos anos 1970, nos EUA.

Turbantes: são lenços de tecido, liso ou estampado, usados para diversas formas de amarrações na cabeça. Carregam consigo a força da ancestralidade, especialmente entre as mulheres negras, pois o uso desses adornos tem origens na cultura africana e asiática. Na Índia, eram usados principalmente entre os adeptos do islamismo. No contexto africano, também é muito comum dentro das religiões. Hoje em dia, o uso do turbante pode significar apenas um estilo, como também um símbolo de resistência negra.

Sexismo: é o ato de discriminação e objetificação sexual baseada no gênero, ou seja, são posturas de preconceito contra as mulheres.

## NOTA DA AUTORA

Este livro foi desenvolvido como produto do Mestrado Profissional em História da África, da Diáspora e dos Povos Indígenas, na UFRB, sob a orientação da Profª. Drª. Angela Figueiredo. A pesquisa foi realizada no Centro Educacional Professora Angelita Gesteira (CEAG), situado em Governador Mangabeira-BA.

○ editoraletramento         ⊕ editoraletramento.com.br
f editoraletramento         in company/grupoeditorialletramento
𝕏 grupoletramento           ✉ contato@editoraletramento.com.br

⊕ casadodireito.com    f casadodireitoed    ○ casadodireito

Grupo
Editorial
LETRAMENTO